Johann Karl Schuller

Zur Frage über die Herkunft der Sachsen in Siebenbürgen

Anatiposi

Johann Karl Schuller

Zur Frage über die Herkunft der Sachsen in Siebenbürgen

Unveränderter Nachdruck der Originalausgabe.

1. Auflage 2023 | ISBN: 978-3-38200-128-5

Anatiposi Verlag ist ein Imprint der Outlook Verlagsgesellschaft mbH.

Verlag: Outlook Verlag GmbH, Zeilweg 44, 60439 Frankfurt, Deutschland
Vertretungsberechtigt: E. Roepke, Zeilweg 44, 60439 Frankfurt, Deutschland
Druck: Books on Demand GmbH, In de Tarpen 42, 22848 Norderstedt, Deutschland

Zur Frage

über

die Herkunft der Sachsen in Siebenbürgen.

Sylvestergabe

für

Gönner und Freunde siebenbürgischer Landeskunde,

von

Johann Karl Schuller,

k. k. Schulrath, Ritter des Franz-Joseph-Ordens, korresp. Mitglied der kaiserlichen Akademie der Wissenschaften u. s. w.

Motto:
Am Rhein, am Rhein da wachsen
unsre Reben;
Gesegnet sei der Rhein!

Hermannstadt 1856.

Verlag und Druck von Th. Steinhaussen.

Vorwort.

Die nachfolgenden Blätter wollen nichts mehr sein, als ein kleiner Beitrag zur Besprechung eines Problemes, welches die siebenbürgische Wissenschaft seit Jahren vielfältig beschäftigt hat. Seine vollständige Lösung erwartet es von dem Vereine für siebenbürgische Landeskunde; denn sie erfordert Studien und Reisen im Vaterlande, und in jenen Gauen von Deutschland, wohin jede nüchterne Forschung hinweiset, für welche die Kraft und die Geldmittel einzelner nicht ausreichen. Möge daher das beginnende Jahr diesem Vereine die alten Gönner und Freunde erhalten, neue zuwenden!

So viel oder so wenig über die Absicht dieses anspruchlosen Büchleins; dem freundlichen und nachsichtigen Leser aber — wie die sächsischen Bauern sagen — „ein glückseliges neues Jahr!‟

Mundarten lassen sich nicht porträtiren. Wenn daher ein oder der andere Leser es mit der Aussprache sächsischer Wörter nicht besser trifft, als der Verfasser mit jener von der Wiener oder alemanischen oder einer andern deutschen Mundart — so wollen wir beide mit Horaz sagen:

veniam petimusque damusque vicissim.

Nur bitte ich die Vokale ei und ie schnell nacheinander auszusprechen, oa und uo aber in einem Mischlaut zusammen fliessen zu lassen.

Als ich vor Jahren in Leipzig zum erstenmal in den Hörsaal getreten war, und wie es einem schüchternen Fuchs geziemte, nach links und rechts meine Bücklinge gemacht, und die umstehenden Studirenden in den allergewähltesten Ausdrücken, die mir zu Gebote standen, begrüsst hatte; da tönte es mir, als ich meinen Namen Schuller nannte, wie aus einem Munde entgegen: Ihr seid kein Deutscher. So sehr waren alle Kategorien der anwesenden Burschenschaft über meine Aussprache des ll entrüstet.

„Just so wenig als Ihr" — würde ich später geantwortet haben, als ich merkte, dass einige Studirende „nischt" sagten statt nichts, die Beene und Steene unbedenklich für Beine und Steine nahmen, oder auch über die Rechtsgebiete des Dativ und Accusativ so wenig im Klaren waren, dass sie bald in das eine, bald in das andere einfielen, kurz, dass einen jeden die Mundart so gut verrieth, als sie an mir zum Verräther geworden war. Damals aber stand ich verblüfft da und verdutzt. Im Vaterhause hatte ich gehört, ich sei ein Deutscher; der Lehrplan der Schule, wo ich gelernt, war so eingerichtet, als wenn man uns Sachsen sagen wollte: Jangens, ihr kommt, wie die heidnische Minerva mit Helm und Panzer, so mit allen deutschen Sprachregeln ausgerüstet auf die Welt — von einer deutschen Sprachlehre war nicht die Spur. Und nun waren alle meine stolzen Träume miteins vernichtet — ich fühlte mich auf das tiefste erniedrigt.

In ähnlicher Weise scheint die auffällige Form eines und des andern sächsischen Wortes viele von denen überrascht zu haben, welche in früherer Zeit über die Abkunft ihrer Vorfahren nachdachten. Nicht als ob sie das Deutschthum der Stammes-

genossen bezweifelt hätten; anstatt sich aber nach lebenden Analogien in Deutschland umzusehen, gingen sie mit ihren Etymolo-
gien zu den Gothen, Daken, Cimbern, oder gar zu den Herodoti-
schen Saken zurück.

Wer die Zustände Siebenbürgens in der Periode, in welcher
diese Ahnentafeln der Siebenbürger Sachsen entworfen wurden,
kennt, der erräth ihre Nebenbestimmung, ihre Absicht. Zwar ihre
Urheber waren fest davon überzeugt, und als Töppelt in dem
Freibriefe, welchen König Andreas II. den Sachsen im Jahre 1224
gegeben, die Worte: libertate, qua vocati erant a piissimo rege
Geysa avo nostro, inqua donati u. s. w. änderte, weil Nachkom-
men der Gothen ja nicht einberufen sein könnten [1], so hielt er
sich dazu eben so berechtigt, wie Bentley zur Revision des Horazi-
schen Textes. Wer aber möchte es läugnen, dass jene Dedu-
ctionen in einer durch Kriege und innere Zerwürfnisse zerrütteter
Zeit zugleich zur Waffe gegen die Angriffe auf das Deutschthum
dienen sollten? Der oft ausgesprochenen Ansicht: hospites estis
et advenae et peregrini; ideo non domestici et cives, sollte der
versuchte Beweis, dass der Glanz der Autochthonie nicht den erst
zu Ende des neunten Jahrhunderts mit dem Schwert des Erobe-
rers eingedrungenen Magyaren, sondern den Sachsen zustehe, die
Spitze abbrechen [2].

Auf welcher Seite damals eine grössere Begriffsverwirrung
geherrscht, ist schwer zu entscheiden. Die Einen wussten um
die Einwanderung der Sachsen; allein für das Verständniss einer
Rechtslage, wie sie die zum Anbau verödeter Strecken und zum
Schirm eines Landes berufenen Ansiedler im Mittelalter sich ge-
währleisten liessen, fehlte in den ungrischen Institutionen der

---

1) Origines et occasus Transilvanorum, seu eruditae nationes Transilvaniae
earumque ultimi temporis revolutiones historica narratione breviter compre-
hensae. Autore Laurentio Toppeltino de Megyes. Lugduni 1667. 12. Neue
Aufl. Viennae 1762. 8.

2) Vgl. Alb. Huet oratio de origine et meritis Saxonum a. 1591. 10. Julii
Abade Juliae recitata coram ill. principe Sigismo. Batori de Somlyo, abgedruckt
in J. Seivert Nachrichten von siebenbürgischen Gelehrten und ihren Schriften. Pressburg 1783. S. 190, deutsch in M. Miles siebenbürgischem Würg-
engel. Hermannstadt 1670. 4. S. 152 ff. Huet starb als Graf der sächsischen Nation 1607.

Schlüssel, und so galt häufig als Verwurf, was zur Ehre gereichte[*]). Die Andern trennten die Wissenschaft von dem Rechte, und während sie da, wo es die Vertheidigung ihrer Privilegien galt, den Freibrief König Andreas II. anriefen, umgingen sie in ihren Forschungen die Stelle desselben, welche der Willkür bodenloser Hypothesen Schranken setzt, alles nur um den Beweis zu führen, dass, wie Tröster sich ausdrückt, „die Siebenbürger deutsche Sprach nicht ein so jung gebackene Redensart ist, wie sich Kircherus und Erichius einbilden, sondern dass sie mit cimbrischen oder altscythischen Wörtern mehr als die jetzige im hohen Deutschland übliche Sprach angefüllt ist"[4]).

Es ist nicht das geringste Verdienst Eders und Schlözers, die Wissenschaft zur Ordnung gewiesen, und der Forschung über den Ursprung und die Heimath der Sachsen in Siebenbürgen den Weg bezeichnet zu haben, welcher zum Ziele führt[5]). Wer heutzutage daran zweifelt, dass der Kern derjenigen Deutschen, welche, um mich eines urkundlichen Ausdruckes zu bedienen, von Broos bis Draas[6]) wohnen, um die Mitte des zwölften Jahrhunderts von König Geysa II. berufen worden sei, und dass die romantische Umgebung von Kronstadt ihre deutsche Bevölkerung dem deutschen Ritterorden verdanke, welchem König Andreas II. im Jahre 1211 das Burzenland verlieh[7]), oder den wahrscheinlichen Zusammen-

---

3) War doch schon in der Römerzeit der hospes ein durch Berufung geehrter Mensch, und im Gegensatze des Trosses (hominum cuiusque generis multitudo); dem contubernalis nahe verwandt. Cicer. de officiis 1. 2. In den Urkunden des ungrischen Mittelalters bezeichnet hospes durchweg den freien, von den eingebornen Freien bloss durch seine Abstammung verschiedenen Mann: omnibus etiam liberis hominibus, sive hospitibus, sive indigenis. Urkunde von 1207, bei Fejér cod. dipl. 3. 1. 43, und wird daher neben den nobilis gestellt: hospitum aliorumque nobilium. Das. 3. 2. 119.

4) J. Tröster, das alt- und neuteutsche Dacia, das ist neue Beschreibung des Landes Siebenbürgen. Nürnberg 1666. 16. S. 240.

5) J. C. Eder de initiis juribusque primaevis Saxonum Transilvanorum. Viennae 1792. 4. C. A. Schlözer, Geschichte der Deutschen in Siebenbürgen. Göttingen 1795. 8.

6) — universus populus incipiens a Waras usque in Baraith, cum terra Siculorum terrae Sebus et terra Daraus unus sit populus. Urk. K. Andreas II. von 1224. Bei Draas, unweit Reps, hört nach sächsischer Volksredeweise das sächsische Vaterunser auf.

7) Vgl. J. C. Schuller, Geschichte des deutschen Ordens im Burzenlande in dessen Archiv für die Kunde von Siebenbürgens Vorzeit und Gegenwart,

hang der Bistritzer Deutschen und der Ansiedelungen der Deutschen in der Zips bezweifeln wollte [8]), der geriethe in Gefahr eben so verlacht zu werden, als wenn er dem Jesuiten Kircher glauben wollte, der einen Theil der Siebenbürger Sachsen bei Hameln unter die Erde und in Siebenbürgen aus der Erde kriechen lässt [9]). Nicht allein die urkundliche Geschichte Ungarns, sondern auch zahlreiche Analogien anderer Länder, welche die Forscher über die deutschen Kolonien des Mittelalters nachgewiesen haben, stehen ihm entgegen [10]).

Ist nun aber in dieser Weise der Zeitraum abgegrenzt, über welchen die Untersuchungen über das siebenbürgische Deutschthum nicht zurückgehen dürfen, ohne die Frage über den Ursprung der Sachsen mit jener über die Abkunft der Deutschen, oder gar mit der Frage über den Ursprung des germanischen Volksstammes, zu welchem bekanntlich ausser den Deutschen noch andere Nationen Europas gehören, zu vermengen; so geben uns die einheimischen Urkunden auch deutliche Fingerzeige, wo

B. 1. H. 2. S. 166. Ergänzt wird dieser äusserst interessante Theil der siebenbürgischen Geschichte nur dann werden können, wenn die unstreitig in Rom befindlichen Urkunden über den Process des Ordens mit dem Könige veröffentlicht sind.

8) Schlözer a. a. O. 277, wo auch der Volkssage gedacht wird, dass von den nach Siebenbürgen wandernden Deutschen die Ermatteten in der Zips geblieben seien. Vgl. Neues ungr. Magazin 1. 13. und G. D. Teutsch im Archiv des Vereins für siebenb. Landeskunde 2. 2. 230 ff.

9) Athan. Kircher Musurgia lib. II. c. 9. Mart. Scholl fabula Hamelensis, sive disquisitio historica, qua ostenditur fabulis accenseri debere, quod refertur de infausto exitu puerorum Hamelensium, qui inciderit in annum a Christo nato MCCLXXXIV. Groningae 1650. Dass der leichtgläubige Kircher, der in einem dicken Folianten sogar Noahs Arche ausgemessen hat, das Dorf Siebenbergen bei Hameln mit dem ihm aus Schriften bekannten Siebenbürgen verwechselte, hat nach Mone nachgewiesen F. Nork Mythologie der Volkssagen und Volksmährchen. Stuttgart 1848. S. 400 ff.

10) Es genügt hier neben Schlözers Untersuchungen zwei Werke anzuführen, deren gründliches Studium der Forscher über das siebenbürgische Deutschthum unmöglich entbehren kann: A. v. Wersebe über die niederländischen Colonien, welche im nördlichen Teutschland im 12. Jahrhundert gestiftet wurden. Hannover 1815—16. 2. B. 8. Tzschoppe und Stenzel Urkundensammlung zur Geschichte des Ursprunges der Städte und der Einführung und Verbreitung deutscher Colonisten und Rechte in Schlesien und der Oberlausitz. Hamburg 1832. 4.

wir die Vorfahren der Sachsen [11]), oder wenigstens eines sehr
grossen Theiles derselben zu suchen haben.

Ueber den Ursprung des Namens Sachsen, mit welchem die
deutschen Ansiedler in Siebenbürgen seit dem Anfange des drei-
zehnten Jahrhunderts bezeichnet werden, wollen wir hier nicht
streiten [12]). Bestimmter noch als dieser weist ihre älteste Be-
nennung Flandrenses in jene Gegenden des Niederrheines, von
welchen die Geographie des Mittelalters einen grossen Theil unter dem Namen Flandern zusammenfasste [13]).

Man darf der siebenbürgischen Wissenschaft den Vorwurf
nicht machen, die Winke, welche hierin für die weitere Forschung
liegen, übersehen zu haben. Die Parallelen, welche Schlözer und
nach ihm Schaser [14]) und Andere zwischen dem von flämischen
Ansiedlern an der Niederelbe und anderwärts bedungenen, oder
dem sogenannten flämischen und dem sächsischen Rechte gezogen,
sind ein Beleg dafür, dass man der gegebenen Spur mit sicherm
Tacte und mit gutem Erfolge nachging. Wenn man sich aber
vorzugsweise auf diese Vergleichungen beschränkte, so lag der
Grund davon in der früheren Verfassung des Landes. Mit der
durch sie bedingten Stellung von drei gleichberechtigten Nationen
und einem von dem Genusse politischer Rechte ausgeschlossenen
Volksstamme war nicht nur der Grund fortdauernder Reibungen
und Rechtsfehden gelegt, sondern auch der Geschichtsforschung
ihre unmittelbarste und dringendste Aufgabe bezeichnet, und der
Geschichtschreibung Ton und Färbung vorgeschrieben. Die Apo-

---

11) Dass hier an die späteren Einwanderer nicht zu denken ist, bedarf
nicht bemerkt zu werden.

12) Saxones war ein allgemeiner Colonistenname in Ungarn. Vgl. Urk.
Belas IV. von 1244 in Hormayr's Wien Jahrg. II. Bd. 2. Urk. 179. und
Fejér a. a. O. IV. 1. 313. Ueber den Ursprung des Namens vgl. G. D. Teutsch
im Archiv des Vereins für siebenbürgische Landeskunde 1. 2. 113 ff.

13) Flandrenses zuerst in einer Urkunde des Cardinals und päpstlichen
Legaten in Ungarn Gregorius de S. Apostolo vom Jahre 1189. Eder a. a. O.
169, Teutonici Ultrasilvani in einer Bulle Cölestins III. von 1191, Das. 64.
Vgl. über diesen Namen Marienburg über das Verhältniss der siebenbürgisch-
sächsischen Sprache zu den niedersächsischen und niederrheinischen Dialecten
im Archiv des Vereins für siebenbürgische Landeskunde 1. 3. 49.

14) J. G. Schaser de jure Flandrensi. Cibinii 1822.

legte wirklicher oder vermeintlicher Rechte nahm die ganze Thätigkeit in Anspruch, und während jeder Geschichtsschreiber aus Pflichtgefühl und eigenem Interesse die Aufmerksamkeit auf die äussern Bezüge des Volkes, zu welchem er gehörte, richtete, und so die Geschichte dem Rechte diente, erschlossen sich ihm die Tiefen des innern Volkslebens nur da, wo es mit Rechtsfragen in Verbindung stand.

Wie der unbefangenen Auffassung der Geschichte von Siebenbürgen und seinen Nationen, so ist der Einschluss des Landes in das einheitliche Oesterreich auch der Erforschung von Eigenthümlichkeiten des sächsischen Volksthumes, welche bisher unbeachtet geblieben, günstig gewesen. Die Gleichstellung aller Landesbewohner vor dem Gesetze hat dem unerquicklichen Streite über Recht und Vorrecht ein Ende gesetzt, und die Vernichtung der trennenden Gegensätze dem Geschichtschreiber seiner Nation durch die Loszählung von früherer Pflicht zugleich die Musse gegeben, aus den Tiefen des sächsischen Volkslebens ungekannte und ungeahnte Schätze zu heben.

Auf die Wichtigkeit dieser Forschungen aufmerksam zu machen wäre überflüssig. In der Sprache, den Sitten, Sängen und Sagen sind die Spuren enthalten, deren umsichtige Verfolgung dahin führen muss, woher die Sachsen nach Siebenbürgen gekommen sind. Sie allein geben die Ergänzung oder die Widerlegung dessen, was die Urkunden darüber sagen.

Um so erfreulicher ist es zu sehen, wie die Studien des Volkslebens der Sachsen in allen seinen Richtungen und Erscheinungen mit wachsendem Eifer betrieben worden. Sächsische Volkslieder und Märchen haben z. B. Schuster und Haltrich, Sagen und Bräuche Müller und Malmer gesammelt, und das Material, welches J. G. Schuller zu einem sächsischen Idiotikon mit mühsamem Fleisse zusammengetragen, ist nach dessen Tode durch werthvolle Beiträge, welche Kraus, Leonhard, Reich, Steinburg, Trausch, Tellmann und viele andere dem Sohne geliefert haben, bedeutend vermehrt worden; einzelne Abschnitte liegen druckfertig.

Es ist erfreulich, dass alle diese Arbeiten in eine Zeit fallen, wo in ähnlicher Weise die Wissenschaft des deutschen

Auslandes sich der Durchsuchung des innern Volkslebens mit sichtbarer Vorliebe zugewandt hat. In den schätzbaren Arbeiten von Grimm, Schmeller, Kuhn, Schwarz, Firmenich, Meyer, Simrock, Weinhold, Wolf und vielen andern ist für den siebenbürgischen Forscher auf diesem fruchtbaren Boden eben so viel aufmunternde Anregung, als belehrende Unterstützung enthalten.

Wieviel aber auch noch in dieser kaum angetretenen Richtung zu leisten ist, so steht das eine jetzt schon fest, dass die überraschendsten Analogien des sächsischen Volksthumes da zu finden sind, wohin die ältesten Urkunden hinweisen — in den Gauen des Niederrheines. [15]).

Eine kleine Anzahl von Belegen für das eben Gesagte liefert dieses Büchlein. Klänge der Heimath für die Volksgenossen in Siebenbürgen; gelangt es aber durch irgend ein glückliches Ungefähr in jene Gegenden, für den nachsichtigen Leser, welchen es dort finden wird, ein Denkzeichen dafür, dass mit der unvertilgbaren Marke der Abkunft auch das Bewusstsein des frühern Zusammengehörens der Altvordern in dem Zweige, der vor sieben Jahrhunderten nach Siebenbürgen verpflanzt wurde, und unter schweren Stürmen zum lebenskräftigen Baume erstarkte, nicht erloschen ist, und eine freundliche Bitte, die Forschungen ferner Brüder über dieses einende Band entgegenkommend zu unterstützen,

Analogien der sächsischen Mundart begegnen uns in allen Gegenden Deutschlands, und von den mundartlichen Wörterbüchern, welche Trömel aufgezählt hat [16]), kann die vergleichende Forschung darüber kaum eines entbehren. Es gibt sächsische Idiotismen, welche vom Rheine bis hinauf an die Ostsee fast überall in

---

15) Dass ein bedeutender Theil dieser Einwanderer vom Niederrhein gekommen ist, steht fest, und es ist nicht unmöglich, dass sich in dem reichen Urkundenschatze jener Länder noch einmal eine Bestätigung dieser Annahme finden lasse, sagt Wattenbach, und die von ihm in dem Vereinsarchive, Neue Folge, H. 1. S. 80, mitgetheilten Urkunden aus dem Archive des Klosters Stablo sind ein Beleg seiner Ansicht.

16) P. Trömel, die Literatur der deutschen Mundarten. Halle 1854. 8. Bei Forschungen über die sächsische Mundart dürfen unter den seither erschienenen Werken besonders auch nicht übersehen werden: C. Weinholds Beiträge zu einem schlesischen Wörterbuche. Wien 1855. 8.

kennbarer Form wiederkehren — Ueberreste einer untergegan-
genen deutschen Einheit, möchte man sagen; es gibt andere, die
mit dem Gegenstande aus dieser oder jener Gegend von Deutschland hereingekommen sind.

Für die Characteristik der Sprache, welcher sie angehören,
haben beide einen entschiedenen Werth; wollte aber jemand
daraus die Heimath der Sachsen erschliessen, so würde er irre
gehen, und bei jeder Begegnung eines solchen Wortes in Ver-
suchung kommen mit dem greisen Sänger zu fragen:

Wo ist des Deutschen Vaterland?

So stammt, um nur einige Beispiele anzuführen, jenes na-
tionale Buttergebäck, welches den Sachsen von altem Schrot und
Korn bei seinem Eintritte in das Leben empfängt, ihm alle seine
Festtage feiern hilft, und wenn er begraben wird, das erste
Denkmal ist, welches ihm beim Leichenschmause gesetzt wird,
gewiss aus einem Lande, wo die Butter Anke, und was nach But-
ter schmeckt, anklig genannt wird [17]). Dafür spricht sein Name
Honklich (Hanklich) eben so gut, als der sächsische Name der
Feldmarksgrenze und der Feldmark, Hattert, auf einen Zusammen-
hang mit dem altdeutschen Worte Aetter, Etter hinzeigt [18]).

Wer aber deswegen, weil jene Wortformen in der Schweiz
vorkommen, die Heimath der Sachsen in jenem Alpenlande suchen,
oder aber ihre Vorfahren nach Augsburg versetzen wollte, weil
die in der Neuzeit entweder ganz verdrängte oder schmachvoll
karikirte nationale Bockelhaube in Form und Wesen mit der
Augsburger Boggelhaube [19]) zusammengehört, der hätte offenbar
eben so Unrecht, als die Alten es hatten, wenn sie Hanklich von

17) Mittelhochd. Anke, Butte; schweiz. Anken; enkelig, was nach Butter schmeckt.

18) Altd. Eter der Zaun; schweiz. Aetter, Flur, Bezirk. „Die sesshaftig
sind inwendig Etters zu Hunningen". Grimm deutsche Weisthümer L. 651.
Verwandt sind ungr. und román. hotár.

19) Bockelhaube, Boggelhauben, gebauschte Haube, wie sie zu der ehe-
maligen Augsburgischen und Ulmischen Frauenkleidung gehörte. Die Haube
reichte bis an die Backen, daher der Name; aus gleichem Grunde hiess die
Sturmhaube im Mittelalter Beggelhaube. J. Chr. v. Schmid schwäbisches
Wörterbuch. 2. Ausg. Stuttgart 1844. S. 38.

Handgleich ableiteten [20]), oder gar den Namen der bunten über das Knie hinauf reichenden Winterstrümpfe, Schallewoar, aus dem Griechischen und Deutschen zusammensetzten [21]). Sind die Deutschen etwa Spanier, weil der spanische Wind ein beliebtes Zuckerwerk bei ihnen ist, oder Franzosen, weil sie den französischen Frack tragen?

Bei mundartlichen Wörtern endlich, wie Kampeliet, Kampelönk, die Charfreitagsvesper, wo den Schulknaben auf dem Lande nach dem Gottesdienste Himmelbrot ausgetheilt wird, Latorgel, die Emporkirche, Getimper, Quatemberabgabe, Ambra, Bredulle, Verlegenheit, Verwirrung, Belegrad oder Paragraph, der Telegraph u. s. w., hat es nicht Noth sich im Auslande umzusehen nach ihrer Erklärung [22]). In einer Zeit, wo das deutsche Kind auch in Siebenbürgen frühzeitig mit lateinischem Klange begrüsst wurde, und das Schulgesetz vorschrieb: In exercitio linguae latinae tam solertes sint, ut magis videantur Latini quam Saxones [23]), ist gar manches lateinische Wort aus der Schule in das Leben hinüber genommen worden, dessen Gepräge der Verkehr wie bei Münzen unkenntlich gemacht hat. Rechnen wir dazu noch das halbe Verständniss von Fremdwörtern, und das Bestreben, es den höhern Ständen in Sitte und zierlicher Redeweise nachzuthun, so begreift sich der inländische Ursprung vieler mundartlicher Wortformen,

20) Handglych ist eine Fladenart, so mit der flachen Hand gleich gemacht wird. Tröster a. a. O. 236. Dagegen Seivert das Wort aus dem Ungrischen herleiten möchte. Ungr. Magazin 1. 270. Aehnlich ist die Ableitung von Huibes, Hübes, Fladen von hui, hoch, gleichsam hoher Bissen, oder von hui, weil er in einem hui gebacken wird. Tröster dasselbe. Richtiger ist die Vergleichung mit dem schweiz. Habbech, Kuchen, Häbi, die mit Sauerteig (Hebel) durchwirkte Teigmasse.

21) Vom Worte σκελος crus, dass σκελλο-wären so viel heisse, als Schenkelwähren, weil die Schenkel damit verwahret wurden. Tröster a. a. O. 234. Unstreitig von Charivari; so heisst in Baiern ein Mensch, der in Kleidung und Gesinnung buntscheckig ist, Scharivari, und Scharivarihosen sind lange bis zum Knöchel reichende Hosen.

22) Vgl. lat. completa, die letzte kanonische Tagesstunde; lectorium, der erhöhte Platz zum Lesen in der Kirche; franz. embarras, bredouille u. dgl.

23) Schulgesetze von 1762, in A. Gräsers geschichtlichen Nachrichten über das Mediascher Gymnasium S. 49.

die in beständiger Umgestaltung, wie Wolkengebilde, durch das
Volksleben ziehen, und bei deren Verzerrung es einem ernsten
Eiferer für Sprachreinheit oft, um mich eines aus dem Kreise jener Metamorphosen entlehnten Ausdruckes zu bedienen, ganz
„modern im Magen" wird. Dazu hat auch der Volkshumor bei
alledem, dass ihm Mongolen, Türken und Tartaren und allerlei
andere Drangsale verflossener Jahrhunderte oft gewaltig zusetz-
ten, seine unverwüstliche schöpferische Kraft nie verloren, und
Wörter, wie Speechtegang, Schankefohrer, Schilzemikuck, Kalwerburg, Kontessestiencher, Nooschnoaler u. dgl. in Umlauf gesetzt, die einheimischen Ursprunges sind [24]).

Und so ist denn die Geschichte von Mundart und Volk wie
anderwärts, so auch bei den Siebenbürger Sachsen verschieden.
Eines nur möchten wir, ehe wir weiter gehen, den Forschern
über sächsische Idiotismen wohl zu bedenken geben. In Zeiten,
wo die Etymologie keine festen Grundsätze hatte, und fast alle
Behelfe für Vergleichung der Mundarten fehlten, war es verzeih-
lich, wenn sächsische Wortgrübler da, wo ihnen ein Wort ihres
Idioms in den Sprachen derjenigen Völker begegnete, mit denen
die Sachsen seit ihrer Einwanderung in Siebenbürgen verkehren,
ihre Untersuchung mit der kategorischen Bemerkung abschlossen:
aus dem Ungrischen, oder aus dem Walachischen. In unsern
Tagen dagegen scheut sich der grösste Sprachreiniger nicht,
das Geld, welches er auf ehrlichen Wegen erworben, in die
„Pungge" zu stecken; denn er weiss, dass der Beutel in Nieder-

---

24) Schilzemikuck, der Schieler, von schilzen, schielen, und kucken,
gucken. Speechtegang, der der Schule entwachsene Junge, von dem altd.
spechen, bair. spechten, lärmen, daher Spächter, Prahler. Aus gleichem
Grunde heisst auch hie und da der Platz in der Kirche, wo die Jugend sitzt,
Kalwerburg, von kalwern, daher kälbern, alberne Possen treiben. Schankefohrer, Schmaroser, wörtlich, der die ihm zugeworfenen Knochen (Schanken)
auffängt. Kontessestiencher (d. i. Steinchen für Comtessen) Zuckerzeltchen.
Nooschnoaler (wörtlich der Nachschnatterer), der die zweite Violine spielt,
weil diese die Melodien der ersten oft wiederholt, ihr gleichsam nachschnat-
tert. Auch in der Gegend von Bernburg besteht das Tanzquartett aus einem
Vorstreicher, einem Nachstreicher, einem Bassjungen und einem Blasebengel.
Firmenich Germaniens Völkerstimmen 2. 228.

sachsen gerade so heisst, wie bei den Romänen, und macht sich daher auch kein sprachliches Gewissen daraus, „een Pungge Geld" mit demselben Vergnügen anzunehmen, welches ihm ein hochdeutscher Beutel voll Geld machen würde [25]). Es ist ein grosser Irrthum, sich die Wirkungen jenes Verkehrs einseitig zu denken, und während man in der sächsischen Mundart romänische und ungrische Wörter nachweist, stillschweigend anzunehmen, dass diese beiden Volksstämme von den ihnen bei ihrer Ansiedelung in Siebenbürgen in der Civilisation vorgeschrittenen Deutschen keine neuen Begriffe und Begriffszeichen empfangen hätten. Und so mag es denn, um hier nur einen bekannten Fall anzuführen, jedenfalls gerathener sein, die Entscheidung über den Ursprung des Namens Almesch, womit die Sachsen den sogenannten Weinkauf bei Verträgen bezeichnen, so lange hinauszuschieben, bis mit Sicherheit nachgewiesen ist, dass er mit dem alten Symbole des Halmwurfs — am Niederrhein Halmen, Ufgabe des Halmes — in keinem Zusammenhang stehe. Bei der gewöhnlichen Ableitung des Wortes von dem ungrischen und romänischen Aldomás, rom. Aldamaš (spr. Aldamaasch), wird es immer befremden, wie denn der Deutsche jenen Rechtsbrauch hier erst gelernt, oder aber den aus der Heimath mitgebrachten Namen in Siebenbürgen verlernt habe [26]).

25) Versuch eines bremisch-niedersächsischen Wörterbuches. Bremen 1767—1771. 5. B. 8. Eben so bedeuten z. B. die niederrheinischen Wörter: Hame, Hamen eben so gut das Pferdegeschirr, wie das romänische ham. Vgl. W. Weitz die Aachner Mundart. Aachen und Leipzig 1836. 8. und der gewöhnliche romänische Taufname Comman bedeutet, so gut wie Carl, im Altd. einen Mann. Comman adales ist der Mann von Adel, und Comman unadales der nicht adelige. Grimm deutsche Rechtsalterthümer 265.

26) Vgl. über das Symbol des Halmes Grimm deutsche Rechtsalterthümer S. 121 ff. Fragt man, wie man die Güter halten und handhaben soll, so in des Klosters Gericht liegen, und wie man mit Gericht aus und ingehen soll. Wenn einer ein Gut verkauft, so in des Klosters Gericht liegt, so soll Verkaufer uf den nechsten Gerichtstag kommen, und soll dem Schultessen den Halm geben, so soll der Kaufer kommen und des Halmes begehren, dass in das Gericht insetze u. s. w. Grimm Weisthümer 2. 172. 48. 53. Das rom. Aldamasch wird auf alduesk, segnen (gr. αλδησκω, pflegen), und das ungrische aldomás auf das gleichbedeutende áld zurückgeführt, also: Mahl, wo dem Käufer Segenswünsche gebracht werden.

Derselbe Mundarten, die unsere sächsische Mundart decken
— wofern dieser der Mathematik entlehnte Ausdruck erlaubt ist —
wie congruente geometrische Figuren, begegnen uns nirgends.
Ist diese selbst doch ein Proteus, der seine Gestalt so vielfältig
verändert, dass nicht allein die Dialecte von Bistritz, Hermannstadt
und Kronstadt, sondern nicht selten auch jene von nahe gelege-
nen Ortschaften, wie z. B. Heltau und Michelsberg, oder Gross-
scheuren und Hanebach auffällig verschieden sind, und sächsische
Volksstimmen mit den Volksstimmen Germaniens in Firmenichs
trefflichem Werke wohl in der Mannichfaltigkeit der Schattirungen
wetteifern könnten. Dazu ist aber auch die deutsche Sprache, in
Siebenbürgen von ihrer fernen Schwester, seitdem sie aus den
Gauen des Rheines geschieden, sieben volle Jahrhunderte lang
getrennt gewesen. Beide haben sich fortentwickelt und in ihrer
Fortentwickelung verändert; allein neben dem geheimen Natur-
gesetz, welches das leibliche und geistige Gepräge von Volks-
stämmen durch Jahrtausende erhält, ist diese Entwickelung auch
hier wie dort unter dem Einflusse von Elementen geschehen,
welche die einheitliche Entwickelung zu zersplittern und ihre
Bahnen zu zerstören bemüht sind.

Sobald wir jedoch diese unvermeidlichen Störungen mit in
Rechnung bringen, ist die Aehnlichkeit sächsischer und niederrheinischer Mundarten in der That schlagend. Sie darf nicht erst
auf dem mühsamen Wege wissenschaftlicher Erörterungen über
Verwandlung von Selbst- und Mitlautern vermittelt werden; sie
besteht auch nicht allein in der Gleichheit einzelner mundartlicher
Ausdrücke, sondern in der durchgängigen Aehnlichkeit des Rede-
baues und des Redegehaltes.

In der bereits oben erwähnten Abhandlung hat Marienburg
einige wesentliche Momente dieser Verwandtschaft auf Regeln
zurückgeführt. Er betrachtet dabei den ihm aus eigner An-
schauung bekannten Kölner Dialect als den Repräsentanten niederrheinischer Sprache; setzt es aber als möglich voraus, dass in
andern Bezirken des Niederrheines, und namentlich in dem Munde
des Landvolkes die Aehnlichkeit mit der siebenbürgisch-sächsi-
schen Mundart noch stärker hervortreten könne. Proben hat der-

selbe Verfasser in den Jahrgängen 1849 und 1850 des sächsischen
Hausfreundes gegeben [27]).

Für diejenigen, welche jenen reichhaltigen Kalender nicht
kennen, stehen hier einige andere Belege jener Uebereinstimmung.

Wenn der Düsseldorfer die Erzählung der Sage von dem
Teufel und dem Schmidt mit den Worten beginnt:

Ehr wesst je, wo Bidefell lit, gell, dat wesst ehr jo, henge
em Westfohle-Land.

Ze Bidefell wor amol a Schmettche, dat wor fliessig on good,
awwer et holp öm nicks u. s. w. oder am Kirchweihfeste singt:

> Danze, senge welle mer,
> On a Gläske dreaken;
> Selde könnt de Kirmes her,
> Lot die Hött oas schwenken [28]);

so bedarfs in der That nur leiser Umänderungen, um alles rein
sächsisch zu machen.

Er wüsst jo, wo Bidefeld loat; doat wüsst er jo, hängden
ämm Westfohleloend.

Ze Bidefeld woor emool e' Schmättchen, doat woor fleissig
end gaad, awwer et hoalf em näst, würde der Hermannstädter
sagen, und:

> Doanze, sänge welle mer,
> End e Gläsken dränken.
> Selde kitt de Kirmes hier,
> Lott de Hött es schwenken.

Wenn der Luxemburger auf die Frage: vu wiem hoin se
Kanner dat Fluche geleert? antwortet: Ja, dat wees der Deiwel
wo de Kanner dat verdammt Fluchen hier hoin [29]); oder die

---

27) Sächsischer Hausfreund. Ein Kalender für Siebenbürger zur Unter-
haltung und Belehrung. Kronstadt bei J. Gött. Jahrg. 1849. S. 120 ff.
1850. S. 197 ff.

28) Firmenich Germaniens Völkerstimmen B. 1. S. 432. 434.

29) J. S. Gangler Lexicon der Luxemburger Umgangsprache, wie sie in
und um Luxemburg gesprochen wird, mit hochdeutscher und französischer
Uebersetzung und Erklärung. Luxemburg 1847. 6. S. 164.

Dame daselbst sagt: Ech heren eso vill Leit sech bekloen, dat
se sech ennuyeren. Dat as, weil se sech net ze beschäftigen,
an sech net mat sech selwer ze annerhalde' wessen [30]) u. s. w.,
so versteht das jeder Siebenbürger Sachse, wie er selber vom
Luxemburger verstanden werden würde, wenn er es in seiner
Mundart sagte [31]), und haben sie die Komödie der Irrungen gelesen, so wird jedem Dromios Wort einfallen.:

    Mich dünkt, du bist mein Spiegel, nicht mein Bruder.

Liegen doch die beiden Darstellungsweisen nicht weiter aus ein+
ander, als die sächsischen Wortformen: Schaaster, Schauster und
Schoster für das hochdeutsche Schuster, eich und ech für ich, und
hundert andere Schattirungen der Mundart, welche das Verständniss der Sprachgenossen in allen deutschen Gauen Siebenbürgens
keinen Augenblick beirren.

    Zur Feststellung des Gesagten mögen schon diese Proben
hinreichen; eine interessante Aufgabe aber wird es für sächsische
Reisende sein, welche mit allen Spielarten ihres Idiomes bekannt
sind, die Gruppirungen niederrheinischer Mundart mit denen der
eignen zu vergleichen, und so die gegebenen Umrisse zum voll+
ständigen Bilde zu ergänzen.

    Wo die ganze äussere Erscheinung von zwei Idiomen so
unläugbare Aehnlichkeiten hat, da erhält allerdings auch die Uebereinstimmung in characteristischen Idiotismen Bedeutung für die
Frage über die Verwandtschaft der Volkszweige, welchen sie angehören. Man schliesst dann nicht mehr von dem Theile auf das
Ganze, sondern erkennt in den einzelnen Elementen der Mundart
Glieder eines Organismus, und eine fortwährende Bestätigung
dessen, was man bei dem unmittelbaren Eindrucke des Ganzen
schon von ihm auszusagen berechtigt gewesen.

    Wie gross die Uebereinstimmung sächsischer und nie-
derrheinischer Idiotismen sei, das beweisen schon die Wörter-

30) Gungler a. a. O. 262.
31) Sächs.: Vu wem hunn irr Kängd det Flache gelihrt? — Ja, doat
wibs der Deiwel, wo de Kängd det verdammt Flachen hier hunn. — Ech
hiren esi vill Löggd sich bekloon, dat se sich ennuyeren. Doat äss, wöll se
sich nött ze beschieftige, end sich nött mätt sich selwer ze angderhoalde
wässen.

bücher der Luxemburger und der Aachner Mundart, die mir bei
dieser Arbeit zu Gebote gestanden ³²). Sie begegnen uns, wie
man am Rheine sagen würde, all Amelang oder all Omelonk, wie
wir Sachsen das nennen ³³), und sind „ze Johr‟, wie die Luxemburger und Sachsen anstatt: „im vorigen Jahre‟ sagen, so gut
vorhanden gewesen, als sie im nächsten es bleiben werden.

Nach dem, was bisher gesagt worden ist, befremdet es
nicht, dass grade in jenen Gegenden, wohin die Untersuchung
der sächsischen Mundart hinweist, uns eine Menge von Orts- und
Familiennamen begegnet, deren Aehnlichkeit mit den unsern un-
verkennbar ist. Wie die Sitte und Sage, so pflegt der Ansiedler
in der Fremde auch die heimischen Namen, und wenn er in Siebenbürgen, um nur ein Beispiel anzuführen, an die Landskron bei
Talmatsch die sinnige Sage von der Riesentochter hing, die den
Bauer mit Pflug und Pferd in die Schürze nimmt, und das „nette
Spielding‟ zum Vater hinaufträgt, von diesem aber zur Antwort
erhält:

> geh, nimms nur widder mit,
> die Bure sorge uns für Brot,

32) S. oben Anm. 29. J. Müller und W. Weitz die Aachner Mundart,
Idiotikon nebst einem poetischen Anhange. Aachen und Leipzig 1836. 8.
Einige Proben mögen hier Platz finden. Aus der Aachner Mundart: Bärm,
sächs. Barn, ein Haufen; Bei, s. Boa, Biene; benaut, s. beniet, beklemmt;
Bes, Binse; blötsche, s. plotzen, Beulen stossen, namentlich von Aepfeln
u. dgl.; Bröileng, s. Brälenk, einjähriges Schwein; futtere, zanken, donner-
wettern; garz, bitter; Gepöbel, s. Gepöbel, Pöbel; Horkitt, s. Hoorkökt, ein
klein wenig, ein Haarbreit; Kraam, s. Kroom, Wochenbett, von krome, holl.
kramen, gebären, fries. Krämfrau, Kindbetterin, daher wohl auch das s. Kräm,
die Sau (nicht von krimman, mit Zähnen oder Krallen einhacken, wie Haltrich zur deutschen Thiersage S. 57 vermuthet); kuckelure, immer zu Hause
sitzen, s. Kokelori, der linkische Mensch, der keinen Lebenstact besitzt;
mofele, s. muffele, mit vollem Munde essen; tusele, s. tiseln, sich mit allerlei
Kleinigkeiten zu thun machen; Töttes, einfältiger Mensch, u. s. w. aus der
Luxemburger: batterzech, bitterlich; mäs, von Kühen, die keine Milch geben;
Kränkt, s. Krinkt (schwer Krinkt), die Fallsucht; Liedsch, die Breterhütte;
Schueppel, Schnöppel, s. Schniepel, der Frack; Urtzen, Ueberbleibsel vom
Essen; tockig, s. tocki, eigensinnig, halsstarrig; Wasseg, s. Weessig, die
Molken.

33) Amelang (das), am ganzen Niederrhein so viel Zeit, als man braucht,
um Amen zu sprechen. Alle Hundsathem ist in Schwaben der pöbelhafte
Ausdruck dafür.

sonsch sterbe mir de Hungertod;
trag alles widder fort

—— —— — —— ——

pack alles sachte widder in,
und trags ans nämli Plätzel hin,
wo des genumme hast.
Baut nit der Bur sin Ackerfeld,
so fehlt hie uns an Brot und Geld
in unserm Felsennest [34]),

so hat gewiss manche Colonistengruppe dem Dorfe, welches sie
hier angelegt, den Namen des frühern Wohnortes oder eines andern in seiner Lage der neuen Ansiedelung ähnlichen Dorfes der
verlassenen Heimath gegeben. Für die spätern Geschlechter haben diese Namen mit dem Bewusstsein des Herganges auch
ihren Sinn verloren; ihren Altvordern sind sie gewiss lange
Zeit hindurch werthe Zeichen der Erinnerung an das Mutterland
gewesen.

Eine bedeutende Anzahl treffender Parallelen dieser Art hat
Haltrich in seinem schätzbaren Beitrage zur deutschen Thiersage
geliefert [35]). Fortgesetzte Forschungen werden sie vermehren,
und, wie wir keinen Augenblick zweifeln, auch in den bisher
noch wenig beachteten Namen von Feldmarken eine gleiche Verwandtschaft nachweisen.

Wie schwer bei Forschungen über den Ursprung und die
Verwandtschaft von Völkern ihre Sitten wiegen, bedarf keiner
Bemerkung. Allein für eine erschöpfende Vergleichung des sächsischen und niederrheinischen Volkslebens fehlen zur Zeit noch
die zureichenden Anhaltspuncte; die Vorarbeiten sind weder am

---

34) J. Grimm deutsche Mythologie. 2. Aufl. S. 507, über ähnliche Ue-
bertragungen dieser schönen Sage das. Auf der Landskron war es der
„Torreschöng“ — augenscheinlich verderbt aus dem altd. Turxen, Turschen,
Risse — dem diese Geschichte passirte.

35) In dem Programme des ev. Gymnasiums in Schässburg. Kronstadt
1855. 4. S. 12 ff. Wir fügen noch bei Auwe (sächs. Aa, Aue für Grossau),
Dreis, Draas; Oilzene, s. Oalzen; Scheuren, s. Gross- und Kleinscheuren;
Kesslingen, s. Kessel; Kall, s. Kallesdorf; Seligenstadt, s. Seligstadt; Mallendar, s. Mallendorf; Kirburg, s. Kirprich (Kirchberg?); Mülbach.

Rheine noch am Zibin und an der Burze geschlossen. Was hier gegeben wird, sind Bruchstücke — nichts weiter.

In dem Volksleben der Sachsen in Siebenbürgen spielten drei Factoren eine starke Rolle: der Wein, der Speck und der Käse [36]).

Was zuvörderst die Pflege des Weinbaues betrifft, so war es ehemals ein bekanntes Statut, dass derjenige, welcher seinen Weinberg vernachlässigte, endlich sein Eigenthumsrecht darauf verlor. So musste auch in vielen Dörfern erst das eigene Erzeugniss gezapft werden, und dann erst war die Einführ fremden Weines gestattet. In ähnlicher Weise wurde das eigene Gewächs weinbauender Dörfer dadurch bevorzugt, dass das zur Bewirthung der Dorfsleute bestimmte Fass bei Schmausereien mit Ausschluss fremden Getränkes aus drei einheimischen gewählt wurde.

Analogien dieser Gebräuche liefern uns die Weisthümer des Niederrheines [37]).

So ein Hoffer ein guten Weingarten hat, und denselben inn Missbaw geraten lest, d. i. das er denselben mit aller zeitiger Arbeit nicht bawet und versiehet, hat er — zur zweiten Rug das Gut verloren, und dem Orden verfallen, sagt das Weisthum von Mallendar [38]); und auf dem Märkergeding in Winden und Weinähr wurde der Wein zum Gelage „von denen Schöffen oder Rathvorstehern" versucht, und dann auf die „Rathstube" geschroten [39])

Item, der Wein will zappen, verordnet das Weisthum von Esch, sall Wein im Dorff kauffen, so Wein im Dorffe feile ist, und wann er nit mer Wein im Dorffe feile findt, sall er gheben bei den Zender; der Zender soll alsdan die Klock leuten und

---

36) Sächs. auch Tourlenk genannt, eigentlich der in einen Schlauch gegossene Schafkäse, aller Wahrscheinlichkeit nach zu dem veralteten niedersächsischen Tarling, Teerling gehörig, womit jede kubische Form, z. B. ein Ballen Tuch u. dgl. bezeichnet wurde. Brem. nieders. Wörterb. B. 5. S. 28.

37) Weisthümer. Gesammelt von Jakob Grimm. Göttingen 1840 ff. 3 B. 8.

38) Grimm Weisthümer 1. 611.

39) Das. 1. 604, und der Richter von Arweller durfte, wenn er mit den Knechten kam „des Rechtes so heven" in dem Klosterkeller von Prüm „anstechen — bis up das dritte Stuck", musste dann aber bleiben „uf deme dritten Stucke Weins ind nit vöirdter." Grimm Weisth. 2. 647.

fragen vor der Gemeinden, ob imandt Wein feile hab; ist alsdan
kein Wein mer feile, so mag der Wirt Wein kaufen, wo er inen
bekommen kann u. s. w.

Uebergehen wir hier die weitere Durchführung dieses Ge-
genstandes; nicht im bürgerlichen Rechte allein, sondern auch in
der Strafgerichtsbarkeit behauptete der Wein in Siebenbürgen, wie
am Rhein seinen Ehrenplatz, und das „in vino veritas" ward da,
wo die Wahrheit des Rechtes gefunden oder geschützt und ge-
ahndet werden sollte, getreulich beherzigt. Eingezogene Gerichts-
bussen, genommene Pfänder fröhlich zu vertrinken, ist ächtdeut-
sche, und eben deswegen auch sächsische Sitte, und wenn wir
in einem alten Weisthume lesen, dass „uf alle Merkergedinge
der Grave von Katzenelnbogen ein Stück Weins verschaffen und
die geschworne Fürster alles das ruchtbar ist rügen, und wer
gerügt ist, des Grafen Amptleut pfenden und damit den Wein
bezahlen sollen" [40]), so ist das eben nichts, als der Spiegel
eines Rechtsbrauches, den die sächsischen Dorfsgräfen und Dorfs-
hannen und die Geschwornen eben so gut beachteten, und am
Rheine wie bei uns sagt man von dem, welcher dio Gerichts-
busse in Wein entrichten muss, er werde „vertrunken". Es war
daher auch eine verständige Einrichtung, dass hie und da bei
Festmahlen Stöcke in Bereitschaft gehalten wurden, um die
„Müden" beim Nachhausegehen zu stützen: wars doch auch am
Rheine verordnet: „wan die Huober hinweg gehn wollen, so
soll der Meier des Hofs inen jeglichem ein Stab an die Hand geben; wo er dies nit tut, und fallet ir einer ein Bein entzwei, soll
man in wieder in Hof fueren und arzneien" [41]).

Wie am Niederrheine, so ist auch unter den Sachsen in
Siebenbürgen der Genuss des Speckes in früher Zeit schon weit
verbreitet gewesen, und selbst dessen sächsischer Name „Boa-

---

40) Grimm deutsche Rechtsalterthümer S. 871. Vgl. dessen Weisthümer
an vielen Orten.

41) Huober, die Hofhörigen. Grimm Rechtsalterth. 317. Meier, Meiger
und majores, denen die Oberaufsicht des Hauses, Bewirthschaftung des Gutes
anvertraut ist. Das. 315. Das angeführte Statut ist aus dem Weisthum von
Kuchhofen im Unterelsass bei Grimm a. a. O. 1. 685.

 flihsch" ist niederrheinischen Ursprungs; er ist verhunzt aus Bache, Speckseite, und Fleisch [42]). „Speck mit Erbissen" steht in dem Weisthume von Carden unter den neun Gerichten obenan, mit denen der Grundherr die Scheffen bewirthen sollte, wenn sie am Andreastage den Zins einsammelten, und wenn der Abt von Springirsbach nach Kenfuss kam, so war es „von Alters geweist, dass man ihm solle machen ein gutes Fewr von durrem Holz, dass es nicht rauche, und solle ihm essen geben, zum ersten Speck und Erbissen u. s. w. [43]).

Käsebrot, d. i. Käse und Brot, ist auf dem Lande bis auf den heutigen Tag der Name des Nachtisches oder Confectes, und wäre auch von beiden kein Krümchen dabei — thut nichts, die einfache Sitte lebt wenigstens im Namen noch fort; bei der Einfuhr des Kornzehntens wird aber weit und breit den ihn bringenden in der Pfarrscheune Käse und Brot gereicht. Es sind dies die letzten Denkzeichen niederrheinischen Brauches, wo denen, welche die Weingärten des Grundherrn brachen, Käse und Brot gereicht wurde [44]), und die Kinder und jahrgedingten Knechte von Moselweis in dem Herrnhof auf dem Karthäuserberg „das Kees essen auff S. Johannis Bapt. Abend" forderten und empfingen [45]).

Während den Kindern in der Scheune harter Käse und ein oder zwei Eimer Wasser mit Schöffeln vorgesetzt wurde, zogen „die grosse Knecht oder die im Gemeingelag gehen, und gaben sich aus vor verstendige Knecht" von ihrem „Konig" angeführt vor die Hauptpforte des Klosters, wo sie gefragt wurden, was ihr Begehr sei. Darauf dan der Konig antwortete und die Forderung „in gewisser Form" vortrug, „woran sie — sagt das Weisthum — „auch also hart verbunden, dass wenn sie in der Form

---

42) Grimm a. a. O. 2. 450.
43) Grimm a. a. O. 2. 405.
44) Illis, qui frangunt vineas, ministratur panis et caseus. Grimm Weisthümer 1. 693.
45) Grimm a. a. O. 2. 509. Ausgenommen waren die Weiber und Weibspersonen, die Knechte, „welche um Taglohn oder sonsten arbeiten", und die Kinder, welche nicht „von der vorter Hoffpforten bis in die Scheuren und wider daraus biss vor die Pforten" gehen konnten.

etwas sollten auslassen, wir ihnen vor diesmal das Käseessen
können abschlagen". So entgalt die Karthause das Recht „Schaff
und Herde" zu treiben durch die Weisser Mark, und in derselben, und andere Freiheiten.

Was mit diesem Käseessen verknüpft war, das erinnert
vielfach an sächsische Bräuche und Einrichtungen. Am Niederrhein treten die Burschen als eine organisirte Körperschaft auf.
An ihrer Spitze steht der König und der „Marschalk"; sie gehen
in die Scheune zu den Kindern, und „besehen, ob es wohl und
recht zugehe, und wie sie sich verhalten". Sie wachen aber
auch darüber, dass die herkömmliche Gebühr nicht verkürzt werde,
und so gehen sie denn beide in die Küche, und schlagen die
fünfzig Eier zu den fünf Kuchen, die zu den fünf Käsen und fünf
Broten gereicht werden, selber ein, „damit sie gewiss sein".

In ähnlicher Weise sind in sächsischen Dörfern die „Knecht-
väter" und „Altknechte" die Vertreter der Bruderschaften, an
deren Spitze sie stehen, die Wächter ihrer Rechte und die Hüter
von Zucht und Ordnung in ihrer Mitte — einfache, naturwüchsige Einrichtungen, deren Zweckmässigkeit sich vielseitig be-
währt hat [46].

Und so wie der Knechtkönig in Moselweis, wenn er seine
Untergebenen vorführte, was er dem Pater Schaffner sagte, nicht
selbst erfinden durfte, sondern an vorgeschriebene Rede gebunden
war, auf deren Verletzung sogar Rechtsversagung stand, so erben
auch im Sachsenlande Musterreden von Geschlecht zu Geschlecht
fort, ohne welche auf dem Lande kein wichtiger Abschnitt in dem
Leben begangen, und keine kirchliche Handlung bei dem Pfarrer
angesucht werden darf. Damit soll nicht gesagt werden, dass
im übrigen Deutschland diese gemessene Förmlichkeit fehle; wir
wissen es wohl, dass sie auch anderwärts vorkommt [47] — allein
jedenfalls ist sie ein Beweis mehr für den Parallelismus des

---

46) Der übrige Theil der Beschreibung dieses Käseessens gehört nicht
hieher.

47) Vgl. unter andern K. Seiffart Sagen, Märchen, Schwänke und Gebräuche aus Stadt und Stift Hildesheim. Göttingen 1854. 8. S. 164 ff.

niederrheinischen und des sächsischen Lebens, und darf nicht um-
gangen werden.

An der Grenze des deutschen Mittelalters waren es die
Meistersänger, welche die sogenannte Tabulatur lehrten, und ihre
Schüler in den verschiedenen Formen der Dichtkunst von der
„schwarzen Dintenweis" angefangen bis zu der „guldenen Kron-
weis" einübten; auf den sächsischen Dörfern ist es ein Vorzug,
die Tabulatur feierlicher Redeformen genau zu kennen, und un-
verfälscht zu bewahren; und wer darin fest ist, an den wendet
sich der Vater, wenn er nicht weiss, ob er sein neugebornes
Töchterlein dem Pfarrer, wenn er um die Taufe bittet, als Mädchen, oder metaphorisch im Gegensatz zu dem „Leibeserben" bloss
als „armes Würmchen" [48]) anzeigen soll, oder ob es Ortssitte
ist, von dem Sohne, dessen Verlobung er anmeldet, zu sagen,
dass er sich „umsehen in Städten und Märkten", bis er sein
„Theilchen" gefunden, wenn er nicht dem Gelächter des Dorfes
verfallen, und in allen Spinnstuben als einer bezeichnet werden
will, der „die Reden nicht weiss, die man unserm Pfarrer muss
sagen".

So pflanzen sich diese ständigen Formen, wie homerische
Gesänge, von Mund zu Mund der Dorfrhapsoden fort; wer sie
aber sammelte, der würde damit einen lehrreichen Beitrag zur
Kenntniss deutschen Volksgeistes und Volkslebens liefern [49]). Ueber

---

48) Eine hie und da vorkommende Unterscheidung, in welcher eben so
gut die altdeutsche Ansicht, nach welcher das Weib weniger geachtet ward,
als der Mann, sich ausdrückt, wie z. B. in der Schafhausener Sitte bei dem
Ansagen der Geburt eines Knaben zwei, bei dem eines Mädchen dagegen
nur einen Strauss zu tragen. Grimm Rechtsalt. 403, C. Weinhold die deutschen Frauen im Mittelalter. Wien 1851. 8. S, 77 ff.

49) Als Probe stehe hie die Anrede des Ortsrichters an den Pfarrer
in K., wenn die Gäste zum Ernteschmaus erscheinen, und wenn er nach
beendigter Ernte um die Gebühren für das Dorf (das sogenannte Vectumahl,
d. i. das Mahl für die Einfuhr des Pfarrzehntens) bittet:

„Erstlich wollen wir Gott danken, dem freundlichen Vater, der uns
so väterlicher Weise erhalten hat bis auf den heutigen Abend bei der
lieben Gesundheit, bei dem lieben Namen des Friedens. Weiters wollen
wir auf Gott vertrauen, von dem wir das Beste zu erwarten haben.

Im Uebrigen wissen wir ja auch, dass wir ja nicht Alle Handwerks-
leute sein können, sondern müssen uns durch den Ackerbau zu erhalten
suchen. So haben wir ja im Vertrauen auf Gott unsern Saamen ausge-

ihre Breite mag man vielleicht lächeln; allein das religiöse Gefühl, das sie durchweht, die Ehrfurcht vor der gesetzlichen Ordnung, und der Sinn für Anstand und würdevollen Ernst des Lebens, welcher sich in ihnen ausprägt, erfüllt den denkenden Leser
mit Achtung. Und so erscheint denn auch die Aufgabe des alt-
befahrenen Gleises so gut, wie das Ablegen alter Nationaltracht
oft als ein bedenkliches Vorzeichen davon, dass der sittliche Ernst
und der christliche Sinn des Lebens sich zu lockern beginnen.

Was noch vor wenigen Jahren den fremden Reisenden im
Sachsenländchen hie und da überrascht haben mag, wenn er
durch den fleissigen Anbau üppiger Weizen- oder Maisfelder sich

streut auf Hoffnung und danken ihm, dass er ihn hat grünen lassen und
ihn behütet hat im Winter vor Frost und Ungeziefer, vor kalten Winden und allem Uebel. Ferner aber hat ihn Gott ja auch wachsen lassen
in den Halm, aus dem Halm in den Knoten, aus dem Knoten in die
Aehre bis zu seiner Vollkommenheit, und hat ihn in der übrigen Jahreszeit behütet vor Hagel und Ungewitter bis zur Zeit der Ernte, wo wir
dann auch unsere Arbeiter ausgeschickt haben, denselben einzusammeln
durch die Sichel in das Band (een den Bängdel), nach diesem in den
Haufen.

Nun aber wissen wir ja auch, dass wir Euer Wohlehrwürden von
den Früchten, welche wir ausstreuen, den Zehnten zu entrichten und
heimzuführen schuldig sind, hernach das Unsrige.

Nach diesem Allem wissen wir ja auch, dass Euer Wohlehrwürden,
den Geschwornen, wie auch den übrigen Mithelfern bei der Verzehn-
tung ein Mahl zu entrichten haben, für welches der heutige Tag bestimmt ist. So sehen wir ja, dass Euer Wohlehrwürden einen Boten
ausgeschickt haben von einem Amtmann zum andern, die dazu Gehöri-
gen einzuladen.

Nun wünschen wir nur Glück, dass Euer Wohlehrwürden, wie unsere ganze Gemeinde die eingesammelten Früchte gesund und zufrieden
verzehren mögen".

Bei dem Vecturmahl wird dieselbe Anrede mit folgender Abände-
rung im Schluss gehalten:

„Nun wissen wir ja auch, dass Euer Wohlehrwürden unserer Gemeinde ein Mählchen zu entrichten schuldig sind, und diesen Abend dazu
bestimmt haben, es unserm Amte zu übergeben, das Amt es ja aber
nicht für sich behalten kann, sondern übergibt es den Zehntleuten,
welche ihre Weiber warnen, dass sie es zubereiten sollen. So erscheinen wir ja auch in dieser Abendstunde und halten an mit christlicher
Bitte, dass uns Euer Wohlehrwürden auch ein wenig zusprechen mögen
auf einen Ehrenbissen, auf einen Ehrentrunk. So versprechen wir uns
ja auch dem treuen Gott, der uns und Euer Wohlehrwürden erhalten
möge, damit wir kein Missfallen haben, sondern alle Ehre und Freude
erzeigen mögen. Das will ich euch gewünscht haben".

einem Dorfe näherte, das war der Stier der Gemeinde, welcher
die Feldmark gehörte. Für ihn gab es keine Statuten [50]), sondern
nur das Naturrecht des Stärkern. Wie suchte er sich überall die
fettesten Bissen aus; wie stolz im Gefühle seiner Unantastbarkeit
sah er den Flurschütz an, und wie spottete er aller Gesetze und
Ordnungen, welche drinnen im Dorfe das Eigenthum sicherten.
Und wenn darauf die rauhe Jahreszeit hereinbrach, wo er auf dem
Felde kein Futter mehr fand, dann wurde er dem Ortspfarrer zur
Auswinterung übergeben, und wartete hier, mit Stroh und Heu
reichlich verpflegt, behaglich des kommenden Frühlings.

Wäre es nun aber einem durch ihn Geschädigten eingefal-
len, zu dem „Hannen" seines Ortes zu gehen, und die „Gerechtigkeit" auf den Tisch zu legen, und zu klagen: Herr der Hann,
ich habe ein Ackerland, von dem ich der Kirche alljährlich drei
Viertel Korn als „Meddem" ausrichten muss; nun ist aber ein
Farren gekommen, und hat mir alles zertreten; so würde ihn der
Richter gefragt haben: Was für ein Brandzeichen hatte der Farren?. Auf die Antwort: Das unsers Dorfes, würde er weiter gesagt haben:

Wunderbärlich, Bruder Merten! Ihr seid doch unter uns
geboren und aufgewachsen, und wisset doch nicht, dass der Gemeindestier weiden darf, wo er Lust hat. Fromannssohn, Brauch
ist Brauch, und Gewohnheit Gewohnheit. Ihr wart ja dabei, als
neulich der verscharrte Hatterhaufen gegen unser Nachbardorf neu
aufgeworfen wurde. Wurde mein Hans nicht auf den fertigen
Hügel gelegt und geklopft? Meint Ihr etwa, das hätte mir nicht
wehe gethan? Allein ich besann mich und dachte: Nun hält ers
im Sinne, wo das Gescheide ist, und wirds, wo es Noth hat, be-
zeugen. Und wenn Ihr in die Stadt fahret am Wochenmarkt, ist
es Euch nicht oft schwer, keine Frucht kaufen zu können, so
lange das Fähnlein auf dem Platze steht? Oder wie Ihr neulich
Eurer Tochter Aennchen Hochzeit machtet, hättet Ihr nicht dem
Pfarrer statt zwei Braten lieber nur einen, und statt zwei Mass

---

50) Statuta jurium municipalium Saxonum in Transsilvania, das von dem
siebenbürgischen Fürsten Stephan Bathori 1583 bestätigte Gesetzbuch der
Siebenbürger Sachsen.

Wein nur eines zur Gebühr geschickt? Allein dürft Ihr murren gegen das, was unsere Väter verordnet haben?

Wort für Wort, und Brauch für Brauch finden sich Parallelen für das eben Gesagte in niederrheinischen Weisthümern.

Wie in sächsischen Ortschaften, so wechseln auch in diesen die Namen Honne und Gräv zur Bezeichnung des Ortsvorstandes und Richters [51]), und selbst die uralte Eintheilung der Ortsinsassen, auf welche der ursprüngliche Begriff des ersten Namens: der Vorsteher von zehen Zehntschaften (daher altd. Zehenzehneristo) [52]) oder einer Hundertschaft, eines Huntdings, zurückführt, hat sich unter den Sachsen forterhalten.

Dass Marken, welche nicht nur ganzen Ortschaften und dem auf die Gemeinweide zu treibenden Vieh derselben, sondern auch einzelnen Grundstücken (Haus, Hof, Kirche) u. s. w. zum Wahrzeichen dienten, im nördlichen Deutschland weit verbreitet waren, ist eine bekannte Sache [53]), und wenn auch die Gebühr, welche der Kläger auf des Amtmannes Tisch legt, um sich, wie man wohl zu sagen pflegt, die Zunge zu lösen, am Niederrhein nicht „die Gerechtigkeit" heissen mag, so musste auch dort, wer in den Wald fuhr, auf den ersten Stamm, welchen er abgehauen, „einen silbernen Pfennig legen zum Zeugniss, dass er Ansuchung gethan". [54])

---

51) Ihr Scheffen seid gemahnt, wer der dreien Herren Gelder zu erheben schuldig sei. Antwort: die zwei Honnen. Grimm Weisth. 2. 813. Das. 764, illi, qui hunnones dicuntur — tertio tantum anno placitare debeant. Grimm Rechtsalterth. 756. Die erste richtige Ableitung des s. Wortes Honn hat Seivert gegeben. Ungr. Magazin 1. 270, die frühere von dem „Chan" der Tartaren erscheint auf dem heutigen Standpuncte der Etymologie fast lächerlich.

52) Lat. centenarius und später Zentner, Zentgrave. Grimm Rechtsalterth. 756. Gelegentlich sei hier auch bemerkt, dass die sächsische Anrede: Frommoanssann nicht etwa aus „frommen Mannes Sohn" verderbt, sondern von dem Aachner Frommensch, Luxemb. Framensch, Weibsbild, Frauenzimmer herzuleiten ist.

53) Vgl. die interessante Abhandlung von Homeyer über die Haus- und Hofmarken in J. W. Wolf Zeitschrift für deutsche Mythologie und Sittenkunde 1. 2. 185. Eine vollständige Sammlung der sächsischen Dorfmarken hat der gewesene Hermannstädter Bürgermeister S. Schreiber lithographiren lassen. Vergleichungen mit niederrheinischen wären wohl interessant.

54) Grimm Weisth. 2. 475.

lautlich wenig oder gar nicht verändert, treffen wir den sächsischen Namen „Meddem" am Niederrheine [55]). Dort als Abgabe von Grunderträgnissen an den Grundherrn, bei uns als stift- oder vertragsmässige Abgabe von dem Anbau eines Ackers an die Kirche oder einen andern Berechtigten. Und wie unter den Sachsen ein derartig belastetes Grundstück ein „Meddemland" heisst, so begegnen uns am Niederrheine gleiche Wortbildungen in leicht verständlichem Sinne [56]).

Die Legung der Grenzzeichen zwischen den Feldmarken zweier Ortschaften geschah im deutschen Mittelalter überall feierlich, in Gegenwart des Volkes und der Nachbaren. Ob dabei ein Paar Knaben geklopft, oder „mit den Köpfen gestutzt" (an einander gestossen), oder auf die neu gesetzten Steine „gestaucht", oder in die Ohren „gepfetzt" wurden, oder Maulschellen erhielten [57]) — alles geschah „zur Gedächtniss" — es war eine schlichte, naturwüchsige Mnemonik, in welcher die Sachsen mit ihren Stammesgenossen Schritt gehalten haben.

Die Beschränkung der Fremden bei dem Einkauf von Früchten am städtischen Wochenmarkte zu Gunsten der Bürger ist eine so weit verbreitete Einrichtung, dass wir an ihr Vorkommen am Rheine keine Folgerung knüpfen und gleich zu den masslosen Befugnissen des Dorfstieres übergehen.

Am Niederrheine wäre es dem durch den Gemeindestier Beschädigten ehemals mit seiner Klage nicht besser gegangen, als in Siebenbürgen. Es „mag das Faselviehe das gantz Jahr frey ungesteurt und ungewilligt so weit der Banne zu Kenne ist, in Frucht, Gras und Brache gan" und „Item weist man euch dem

---

55) Wer sein Metumb an Korn und Trauben nicht ausricht. Grimm Weisth. 2. 384. „Meddem". Das. 541. Ahd. medena. E. G Graff. althochd. Sprachschatz 2. 703. Ueber den Zusammenhang des Wortes mit dem goth. maithms, Geschenk, und dem d. Miete das. 793.

56) Alle Froenlandt (Frohnländer) soll der Scholtheiss macht han den Gehöffenern (Hofhörigen) vor den Meddem, nemblich ein Morgen vor ein Medumsgarb auszulassen. Grimm a. a. O. 2. 541. Were Sach, dass Medumbusche gehauen werden — so soll er nach Gepuer seines Landes dem Herra sein Madum geben. Das. 450.

57) Grimm Weisth. 2. 602. Rechtsalterth. 144. 545 f.

Zielviehe solche Gerechtigkeit, das es macht habe in Heue und in Frucht, und das mössen die Nachpurn leiden", sagen niederrheinische Weisthümer [58]).

Ob die Schuldigkeit des Ortspfarrers sich irgendwo im Sachsenlande über das oben Gesagte erstreckt habe, wissen wir nicht. In einigen Gegenden des Niederrheins musste „der Pastor zu gebürlicher Zeit Stier und Bier" (Zuchteber sächs. Bier), an andern sogar „alle Zielviehe, Stier, Beyrn und Wider" halten [59]). Dass jene Schuldigkeit aber in Siebenbürgen und am Rheine mit dem Zehntrechte zusammenhing, darüber lässt ihre Begründung in alten Weisthümern keinen Zweifel. „Dargegen" — weil er alle Zielviehe hält — sagt das Weisthum von Mechernich, „kendt man inne zu den grossen und kleinen Zehnden", und ebenso wird sie auch anderwärts aus jenem Rechte gefolgert [60]).

Wer die Parallelen niederrheinischer und sächsischer Einrichtungen weiter verfolgen will, als es hier möglich ist, dem möchten wir vorzugsweise das Studium des Verhältnisses, in welchem der Pfarrer am Niederrheine zu seiner Gemeinde gestanden, empfehlen. Die Weisthümer, welche Grimm veröffentlicht hat, bieten reichhaltiges Material dazu, und namentlich ist in dieser Beziehung das Weisthum zu Olef von Wichtigkeit. Neben der Bestimmung der Gebühren von einer Hochzeit, welche daselbst ganz analog mit sächsischen Dorfsbräuchen in „zwei Mass Wein, einem Braten und einem Weissplatz" (Kuchenart) bestanden, enthalten „diese Puncten und Artikeln" auch die „Gerechtigkeit, so dem Pastor von den Zehenten angehörigh" und viele andere „Recht und Gerechtigkeiten", wie sie die Olefer von ihren „Vorvattern" gefunden hatten [61]).

<hr>

58) Grimm a. a. O. 2. 315. 437. Den Stier soll man weiden lassen, und ob der jemand zu nahe ginge, der soll in auff seinem Schaden jagen mit seiner Kogelen (Kappe) dass er in nit letze (verletze). Das. 541. Die „Fahren" haben Macht hinzugeben, wo sie wollen, und brechen keine Einung. Das. 1. 758.

59) Grimm a. a. O. 2. 533. 696.

60) Grimm a. a. O. 2. 696. 683. u. s. m.

61) Grimm a. a. O. 2. 768 ff., womit zu vergleichen das Weisthum zu Eschweiler an der Obermosel. Das. 262 ff. u. a. m. An Stelle des Weiss-

Und so müsste denn das sächsische Volksleben in jenen Gegenden des Landes, wo es sich fern von dem zersetzenden Einfluss städtischer Sitte am meisten in seiner Ursprünglichkeit erhalten hat, von der Wiege bis zum Grabe, und von der Sylvesternacht, wo der „Jahresmann" seinen Umzug hält, und von den Lustbarkeiten des „Blasi" [62]) angefangen bis zu dem fröhlichen Feste, wo der Christengel beschert, verfolgt und gezeichnet werden. Wir würden ein Gemälde erhalten, das eben so farbenreich wäre, wie das in gleicher Weise entstandene Bild niederrheinischen Lebens, dabei aber gewiss voll von überraschenden Aehnlichkeiten.

Wo der Gegenstand und der Name so nahe zusammen fallen, wie bei dem bekannten Anstossen der Spitzen von den bunt gefärbten Ostereiern, da liegt die genetische Aufeinanderbeziehung auf der Hand. Unter andern Namen treffen wir dieses Spiel allerdings auch in dem übrigen Deutschland, allein der sächsische Name desselben: „tschocken", weist an den Niederrhein, wo es eben auch tocken genannt wird, und auch das Wort: schocken, anstossen, sich findet [63]). Für die Richtigkeit dieser Ansicht spricht auch das aachnerische Wort: mengeln, vertauschen [64]), von ihm führen die Ostereier in unserer Mundart den Namen: Mengeloarer (Mengeleier) — sie werden ja bei jenem Spiele vertauscht.

platzes treten unter den Sachsen Hanklich, Stritzel u. dgl., oder an einigen Orten Schnapphübes, ein Backwerk, so genannt von dem bereits oben erklärten Worte (Anm. 20) und dem aachn. schnuppe, naschen, Geschnuppe, Leckerbissen; nieders. snopen, Leckerbissen verzehren.

62) Im Luxemburgischen ziehen die Kinder am Blasiusabend von Haus zu Haus, und singen in einem monotonen Liede Glückwünsche, wofür sie Speck mit „Erbissen" verlangen. Ob ähnliches bei uns vorkommt, weiss ich nicht. Wenn aber im Sachsenlande sprichwörtlich gesagt wird: hinter einander gehen, wie die Hunde nach Blasendorf, so liegt die Legende, nach welcher der h. Blasius, als er sich während einer allgemeinen Christenverfolgung in einer Höhle versteckt hatte, von allerlei Gethier besucht wurde (Nork Festkalender 152), zum Grunde. Daher ziehen nach der sächsischen Thiersage auch Ochs, Esel, Katze und Hahn nach Blasendorf. Heltrich a. a. O. 22. Nach welcher von den Ortschaften, die diesen Namen führen, weiss natürlich niemand.

63) Gungler a. a. O.

64) Weitz a. a. O.

Hieher gehört auch ein niederrheinisches Kinderspiel, welches Simrock neulich beschrieben hat. Eines der Spielenden setzt sich als Moder (Mutter) hin, ein anderes legt ihm den Kopf in den Schooss. Die Moder macht die Geberde, welche die Wörter: Stipti, Fausti, Grufti, Platti bezeichnen. Stipti bedeutet mit einem Finger in die Seite stossen, Fausti mit der Faust drücken, Grufti mit allen fünf Fingern in dem Fleisch wühlen, Platti mit der flachen Hand schlagen. Erräth das mit dem Kopf in dem Schosse liegende Kind die gemachte Geberde, so ist es frei; erräth es sie nicht, so wird von den übrigen das, was sie bezeichnet, an ihm vollzogen [65]).

Mit den Namen: Tali, Pikti, Pufti, Raffti treffen wir dasselbe Spiel unter den Sachsen [66]). Wir wollen nicht untersuchen, ob die gleiche Wahrscheinlichkeit genetischer Verbindung auch da statt findet, wo die Uebereinstimmung in Wort und Sache nicht so gross ist. Im Luxemburgischen werden die kleinen Kinder an den beiden Seiten des Kopfes gefasst, und mit der Frage aufgehoben: Ech weisen der dönger Mamm hire rödé Rack (ich zeige dir deiner Mutter ihren rothen Rücken (?) [67]). Im Sachsenlande geschieht dasselbe mit der Frage: Wällt te Kruune sähn? Willst du Kronstadt (s. Kruunen, Krünen) sehn? übersetzt mans gewöhnlich; wie aber Kronstadt dazu kommt, so in die Luft versetzt zu werden, weiss freilich niemand. Lesen wir dagegen, dass in Aachen ehemals der Kranich Krahn hiess, und die Kinder daselbst, wenn sie einander an den Händen fassend, im Kreise herum tanzen, singen:

Krune Krane, wisse Schwane u. s. w. [68]),

so liegt es nahe, beide Namen auf einander zu beziehen.

Was unter den sächsischen Bauern vom „Tollepoan" Unan-

---

65) Wolf Zeitschrift 1. 4. 437.

66) Tali entspricht dem niederrh. Platti. Dass die andern mit Stipti, Fausti, Grufti zusammen gehören, braucht nicht bemerkt zu werden.

67) Gangler a. a. O.

68) Welts a. a. O.

ständiges erzählt wird, das erzählt eben so der Holsteiner vom
Bumbam in dem Kindermärchen:

                    Et weer enmal en Mann
                    de heet Bumbam u. s. w.,

allein in dem s. Tollepoan ist der Achner Dulijahn [69]) nicht zu
verkennen, und dem sächsischen Märchen vom rothen Hahne, wo
das Kind mit der Frage:

            Wellt te de Meer vom rüden Hannen hären?

zur Verzweifelung getrieben wird, bis endlich die richtige Antwort erfolgt, dass der Hahn roth und die Mäse todt sei, steht
wohl das Luxemburger Märchen ohne Ende von dem rothen Ziege
(Sägchen vun der roder Gees) [70]) am nächsten.

Ob in gleicher Weise das sächsische Sprüchwort, Volkslied,
Märchen und die sächsische Sage Anhaltspuncte für die Lösung
unsers Problemes bieten, ist eine Frage, in deren genaue Erör-
terung wir nicht eingehen können. Die Acten sind zum Spruche
nicht reif.

Was zuvörderst das Sprüchwort und alle dahin zu rechnen-
den Ausdrücke anlangt; so heimelt es allerdings einen Siebenbürger Sachsen an, wenn er liest, was derartiges von Gungler,
Firmenich, Weitz und Müller, Hoffmann von Fallersleben [71]) u. a. m.
bekannt gemacht worden ist. Allein bei der grossen Uebereinstimmung, welche auf diesem Gebiete nicht bloss unter den Glie-
dern einer und derselben Familie, sondern unter ganz verschiedenen Völkern statt findet, ist dieses Zusammentreffen für sich
nur da von Bedeutung, wo die lokale Ausschliesslichkeit erwiesen
ist; ausserdem aber bloss ein Moment, welches in der Reihe anderer Analogien mitgezählt und mitbeachtet werden darf.

Ob es sächsische Volkslieder, d. h. mundartliche Lieder
gebe, welche entweder aus der deutschen Heimath mit hereinge-

---

69) Weitz a. a. O.

70) Gungler a. a. O. S. 384.

71) Altniederländische Sprichwörter, nach der ältesten Sammlung, Ge-
sprächbüchlein, romanisch und flämisch. Herausgegeben von Hoffmann von
Fallersleben. Hannover 1854. 8.

bracht werthen, oder aber seit Ansiedelung der Sachsen auf demselben Wege in ihrer Mitte entstanden sind, wie sie anderwärts sich bilden, das ist manchmal alles Ernstes gefragt, und damit wohl auch die Bemerkung verbunden worden, dass die sächsische Sprache sich für Poesie nicht eigne, oder gar durch ihre Schwerfälligkeit Phantasie und Gefühl des Volkes erdrücke.

Die sächsische Mundart steht in der Mitte zwischen dem Mittelhochdeutschen und dem Niedersächsischen. Wer Groths Quickborn.[72]) gelesen, der ist von der Eignung des letztern für Dichtung, wer die Meisterwerke des 13. Jahrhunderts kennt, von jener des erstern vollständig überzeugt. Dass die Verschmelzung von beiden diese Eignung nicht zerstört, und jene angebliche Wirkung nicht gehabt habe, mag folgende sächsische Ballade beweisen, deren Mittheilung uns ihr geehrter Verfasser erlaubt hat:

Um Oald, um Oald, um gielen Oald,
Do soass e Meedche goanz elin,
Gorr munching Voal, gorr munching Rüs
Det Uormchen enn det Wasser schmiss [73]).

Wat moachst te Kängd um gielen Oald?
De Laft äss groam, der Wängd ströcht koald,
Wat schroast te dir döng Auge rüd,
Bekriddst dich jo bäss enn den Dud? [74]).

Wä säl ich guuld'ger Herr nött schroan?
Doo aagden all' möng Froade loan.
Dao aagden enn dem gielen Oald
Doo schleeft me Bröijem blass und koald [75]).

72) Quickborn. Volksleben in plattdeutschen Gedichten ditmarscher Mundart und Glossar von Klaus Groth. Zweite Auflage 1853. 8. (Quickborn, lebendiger Brunn, von queck, quick, lebendig).

73) Oald, Alt, Altfluss. Gorr, gar. giel, gelb. munching, manch eine, manche. Voal, Veilchen. Uormchen, das Aermste. i vor n ist lang zu lesen.

74) groam, gram, rauh. bekriddst, betrübst. schroan, (schreien) weinen.

75) Bröijem, Bräutigam. uch, auch, häufig statt uns gebraucht.

De Zäll dä souk, de Stang dä broank,
Und Frä uch Kängd emm Wasser loeg.
Me Bröjjem spreng ze Hälf, elin
Der Drängel huot e mätt genin [76]).

Wo äss det Brocktbät weiss uch wich?
Me Bröjjem loat af Läte blich.
Wo äss der Pill mätt Fronse klin?
Me Bröjjem loat af'm Kiselstin [77]).

Doo loat e naa emm schinen Hemd
Mätt Tollepoanch're hihsch geblömmt,
Mätt Birtlen drunn, gor föng uch schin,
Et woor der höscht enn der Gemin [78]).

Doo loat e naa, tsa häwer Gott!
Verstrawwelt ohne Madderhott,
Uch ohne Pusche noo derbä
Ous Rüsen uch Zitronebläh [79]).

Doo loat e koald, doo loat e düd
Me Pursch, geschniselt, hihsch uch schnid,
E wor gor lastig, stark uch flest,
Und vun den Gaaden der allerbiest [80]).

Hä well ich sätzen und e kloon,
Und niche Schligerdach nich droon,
Uch nichen Krällen, nichen Frons,
Und ihwig kloon äm mögen Huns [81]).

----

76) Zäll, Zille. Drängel, Wirbel.

77) Brocktbät, Brautbett. blich, bleich (lang gedehnt zu sprechen). Pill,
Polster, Pfühl. Fronsen, Franzen.

78) schin, rein. hihsch, hübsch. Birtlen, Börtlein. föng, fein.

79) Verstrawwelt, verstrauft. Madderhott, Kopfputz aus Marderfell.
Pusche, Strauss; hier Bräutigamsstrauss.

80) geschniselt, geschneiselt, geputzt. schnid (lang) schlank.

81) e kloon, um ihn klagen, weinen. Schligerdach, Brautschleier. droon,
tragen. Krällen, Korallen. nichen, keine.

Um Oald, um Oald, um gielen Oald
Doo stiht en trourtg Löchestin;
Doo schleeft det Meedche starr uch koald,
Und angde rouscht und broust der Oald [82]).

So wie das bereits in weiten Kreisen verbreitete mundartliche Gedicht über die Bürgermiliz und die Schilderung einer
sächsischen Bauernhochzeit; so wird auch diese schöne Ballade
unstreitig in das Volk übergehen; so ganz ist sie ein Spiegel
volksthümlichen Lebens und Fühlens [83]).

Wenn es sich aber darum handelt, das was in früherer Zeit
auf ähnliche Weise zum Eigenthum des Volkes geworden sein
mag, von dem, was die Sachsen bei ihrer Einwanderung mit
hereingebracht haben mögen, zu scheiden, so ist dieses eine
schwierige, in ihrem ganzen Umfange kaum lösbare Aufgabe.
Ohne Lieder sind sie aber in dem Blüthenalter deutscher Dichtung vom Rheine gewiss nicht gekommen,

Hier genüge die Andeutung, dass von den wenigen sächsischen Volksliedern, die mir bisher bekannt geworden sind, eines
oder das andere in seiner ganzen Anlage eine auffallende Aehnlichkeit mit Liedern der Rheingegenden hat, welche vielleicht von
hohem Alterthume sind. Dahin gehören ausser dem Kölner Wie-
genliedchen:

Schlof Kinkje schlof,
Die Väter höht de Schof,
De Motter höht de Lämmerlein,

---

82) angde, unten.

83) Wir sind der allgemeinen Zustimmung aller Freunde volksthümlicher
Dichtung gewiss, wenn wir den Wunsch aussprechen, dass es dem begabten
Verfasser — Finanzkonzipist Victor Kestner — gefallen möge, seine sämmtlichen
Gedichte in sächsischer Mundart herauszugeben. Die beiden andern Gedichte
(das erstere mit Weglassung lokaler Beziehungen) sind abgedruckt in den
von mir zum Besten der Abgebrannten in Bistritz herausgegebenen Gedichten
in siebenbürgisch-sächsischer Mundart. Hermannstadt 1840, und daraus in
Firmenichs mehrfach erwähntem Werke. B. 2. S. 812 ff.

> Schlof doe lehv söhs Kindelein,
> Schlof Kinkje schlof. [84])

noch die beiden sächsischen Volkslieder:

> Ech woor en uerem Mann,

und:

> Ei da möng Herr e Röggder,
> e Röggder wuul warden,

welche mit Volksliedern aus der Grafschaft Mark in auffallender Weise übereinstimmen [85]).

Mit den Märchen und Sagen ist es wie mit den Liedern und Sprichwörtern; sie begegnen uns wie Pflanzen gleicher Art, und ohne nachweisbare Uebertragung in den verschiedensten Gegenden [86]).

Wenn aber Haltrich der Ansicht ist, dass die Vorfahren der Sachsen die meisten Thiersagen, welche im Munde des Volkes leben, mit in das Land gebracht haben, so muss unbedenklich beigestimmt werden. Erzählungen von der List des Fuchses, der Raubsucht des Wolfes u. s. w. begegnen uns allerdings überall. Wenn dagegen, wie der gelehrte Verfasser gezeigt hat, unter dem sächsischen Landvolke sehr bedeutende und zusammenhängende Theile einer Reinekiade vorkommen, welche mit dem berühmten deutschen Thierepos wesentlich übereinstimmen; so ist es jedenfalls viel natürlicher anzunehmen, dass ein solches System verbundener Thiersagen mit den Vorfahren nach Siebenbürgen einwanderte, als zu behaupten, dass dieser Parallelismus ein reines Ungefähr sei.

84) Firmenich a. a. O. Zu ähnlichen Parallelen ist auch reicher Stoff vorhanden in K. Simrocks deutschem Kinderbuch. Frankfurt a. M. 1848. 8.

85) Die sächsischen Lieder s. in der Anm. 83 angeführten Sammlung; die märkischen bei Firmenich 1. 847, in Erlach's Volksliedern der Deutschen. 4. 425, in Reinhards Liederspielen u. s. w.

86) Um nur ein Beispiel aus vielen anzuführen, wird das Märchen vom h. Petrus, wie er neben dem Heiland in einer Bauernhütte schläft, und von dem aus der Schenke heimkehrenden Hausherrn geprügelt, dann den Platz mit dem Heiland wechselt, und so — aus vermeintlicher Schonung — von dem Bauer mit dem aus dem Hofe gebrachten Stecke zum zweitenmal Schläge kriegt, von Vielen für ein sächsisches gehalten. Und doch kömmt es mit wenigen Aenderungen unter den Romanen der Bukowina, in den Niederlanden, im Elsass und im Odenwalde vor. Wolf, Zeitschrift 1. 4. 471 ff.

Wenn daher J. Grimm aus überzeugenden Gründen darge-
than hat, dass die Thiersage sich am Niederrheine zu grössern
Kunstgebilden entwickelte [87]), so ist damit zugleich die Heimath
derjenigen bezeichnet, welche in Siebenbürgen die Träger dieser
Gebilde sind. Und ist zu Gunsten von Grimms Hypothese bemerkt worden, dass gerade in jenen Gegenden die niedere Ma-
lerei — Landschaft und Thierstücke — vor allen Ländern gepflegt
wurde, und der Sinn für Stillleben und die kleinern menschlichen
Verhältnisse obwaltete [88]); so sind in der That auch die Bruchstücke der sächsischen Thiersage, so wie die Theile der flandri-
schen, ächte niederländische Gemälde, in den Rahmen siebenbür-
gischer Verhältnisse eingefugt.

Am Schlusse dieser Abhandlung mögen noch drei Sagen
angeführt werden, welche angeblich die Herkunft der Sachsen in
Siebenbürgen zum Gegenstande haben.

Die erste ist durch einen siebenbürgischen Kavalier, welcher in den Kriegen gegen die französische Republik als öster-
reichischer Officier diente, in das Land gekommen. In Köln, so
erzählte er, habe er ein altes Schreiben aus dem zwölften Jahrhundert gesehen, in welchem ein Einwanderer aus Siebenbürgen
melde, die dreihundert Kölner Familien seien glücklich angekom-
men, und mit ihrer neuen Lage so zufrieden, dass sie wünschten,
es folgten bald mehrere nach [89]).

Ob ein solcher Brief noch vorhanden sei, kann nur in Köln
entschieden werden.

Die zweite knüpft sich an einen Volksbrauch, und hat mehr
das ursprüngliche Recht, als die ursprüngliche Heimath der Sachsen zum Gegenstande. Im Dorfe Nadesch erscheinen an einem
Tage im Jahre die Burschen als Pilger gekleidet, die Tasche an
der Seite, und einen Streitkolben in der Hand, um eine Fahne
geschaart. Voran geht ein Alter und schlägt die Trommel. Wer-

87) Reinhart Fuchs, von J. Grimm. Berlin 1834. 8.
88) G. Gervinus, Geschichte der poetischen Nationalliteratur der Deutschen. 3. Aufl. Leipzig 1846 ff. 8. B. 1. S. 155.
89) Siebenbürgische Quartalschrift. B. 5. 190.

den sie um die Bedeutung des Umzuges durch das Dorf gefragt, so geben sie die Antwort: Also sind einst unsere Vorfahren, freie Leute, nicht Jobagyen, wie wir, gewesen, aus Saxonia in dieses Land gekommen, hinter der Fahne und der Trommel her u. s. w. [90]).

Forschungen an Ort und Stelle müssen entscheiden, was an diesem Brauche ursprünglich und aus unvordenklicher Zeit überliefert, was spätere Zuthat und Formgebung ist.

Unsere Vorfahren, so beginnen die Bauern in Bodendorf, wohnten am Meere, wo vier Flüsse einmünden, welche alle aus einem kommen, und erzählen dann von einem reichen Manne, der seinem Knechte die Freiheit geschenkt, und ihn auf einem Schiff ins offne Meer geschickt habe; so sei er dann auf mehrere wüste Inseln gelangt, u. s. w.

Der reiche Mann, so schliesst die Sage, ist Gott; der Knecht, dem er die Freiheit schenkt, der Mensch, den er ins Leben ruft; die erste wüste Insel, auf die er gelangt, ist die Erde, auf der er geboren wird. Der Minister, der ihm guten Rath gibt, ist sein Gewissen; die zweite wüste Insel ist das Himmelreich; die Diener, die er voran schickt, sind seine guten Thaten, und die grüne Krone, die ihm gereicht wird, das ewige Leben [91]).

Und so sind denn, fühlen wir uns versucht beizufügen, in dieser offenbaren Allegorie jene Vorfahren wohl nicht die Vorfahren der Sachsen, sondern die Vorfahren des Menschen, und der Fluss mit den vier Mündungen ist nicht der Vater Rhein, sondern der Strom, der nach der mosaischen Geschichte ausging aus dem Stammsitze des Menschengeschlechtes, Eden, „zu wässern das Gebiet, und theilete sich daselbst in vier Hauptwasser" [92]).

90) Sächsischer Hausfreund. Jahrg. 1855. S. 87.
91) Sächsischer Hausfreund. Das. 128.
92) 1. Mos. 2. 10.